PENSÉES

PENSÉES

PAR LE PRÉSIDENT

BENOIT CHAMPY

PARIS
TYPOGRAPHIE HENRI PLON
8, RUE GARANCIÈRE

1872

Celui qui avait assemblé ces pensées délicates a été interrompu à la moitié de son œuvre. Il n'a pu les finir et les polir autant qu'il aurait aimé à le faire. On a respecté la forme sous laquelle la mort les a surprises et finies pour jamais, en glaçant la seule main qui eût le droit de les changer.

A

ÉMILE BOUTMY

Témoignage de profonde estime et de vieil attachement.

PENSÉES

Une seule considération devrait suffire à inspirer aux classes élevées le respect d'elles-mêmes : c'est que, si la foule n'imite pas toujours leurs vertus, elle imite toujours leurs défauts et leurs vices.

***

Mesquine époque que la nôtre, où le génie a fait place au talent, le patriotisme à l'esprit de parti, le beau à l'utile et la pensée à l'idée !

1.

*
* *

On ne saurait s'y tromper : au fond de toutes les questions qui s'agitent en ce temps-ci, philosophiques, politiques, littéraires, artistiques, juridiques, le combat se livre entre le spiritualisme et le matérialisme.

*
* *

La loi française est trop prodigue de la peine d'emprisonnement, dans bien des cas où l'amende serait une peine suffisante. Autant que possible, il faut affranchir le corps et frapper la fortune. L'amende n'est pas une flétrissure; la prison en est une, qui ôte souvent le courage de la réhabilitation et fait des déclassés dangereux pour la société.

*
* *

Autrefois la distance était trop observée entre le père et les enfants, elle ne l'est point assez aujourd'hui. Autrefois le respect allait jusqu'à la crainte; aujourd'hui l'intimité va jusqu'à la familiarité. Autrefois le fils appelait son père *monsieur;* aujourd'hui le fils tutoie son père. Le père se fait l'ami du fils, et, trop souvent, le confident de ses faiblesses. Il y a exagération dans les deux sens.

Toutefois, s'il fallait choisir, le premier serait préférable, parce qu'il a l'avantage de maintenir le respect dû au chef de la famille.

*
* *

Dans les sociétés, comme chez les individus, la décadence du goût suit inévitablement la décadence morale.

*
* *

Le déclassement exagéré et l'imprévoyance dans les mariages, sont deux grandes plaies dans notre société moderne.

*
* *

Après le plaisir de faire une bonne action, il y en a un plus grand, c'est de la tenir secrète, et un plus grand encore, c'est de l'entendre attribuer à un autre.

*
* *

Il n'est pas d'homme, tel médiocre soit-il, qui ne puisse donner lieu à de curieuses études, parce que la nature humaine offre toujours un fonds inépuisable à l'observateur; et, comme le dit Montaigne, « il faut tout mettre » en œuvre, un bouvier, un pas» sant, et emprunter à chacun » selon sa marchandise. »

*
* *

De même que certains défauts ont le mérite de tenir en haleine certaines qualités, de même, dans les cœurs honnêtes, certaines fautes sont rachetées par des expiations telles, qu'on pourrait regretter que ces fautes n'eussent pas été commises.

*
* *

Le sens moral et intellectuel est comme un chemin sans plateau : il faut monter ou descendre.

*
* *

Il y a un art pour savoir vivre :

cet art consiste dans un sage emploi du temps qui permet d'avoir des loisirs sans tomber dans l'oisiveté, et de se créer des occupations sans en être absorbé; en un mot, à vivre en se sentant vivre! Combien de gens ignorent cette science de la vie et sont comme des cavaliers maladroits qui mettraient toujours leur monture au pas ou ventre à terre!

*
* *

Savoir vivre en soi-même et par soi-même, est un des grands éléments de calme et de bonheur dans la vie.

*
* *

L'art du bonheur consiste dans l'économie des jouissances.

*
* *

On a dit que les souvenirs du bonheur sont les rides de l'âme; pour moi c'est tout le contraire, ils en sont la jeunesse.

*
* *

L'absence des principes moraux ou religieux dans les familles, est comme une tache qui s'étend aux générations suivantes.

*
* *

Que l'on s'excuse de certaines passions en les mettant sur le compte de la jeunesse, soit! mais qu'on sache bien qu'en y cédant trop facilement, on se condamne à ne pouvoir plus s'en déshabituer dans la vieillesse; et alors il arrive ceci : ou que l'on meurt d'ennui quand on les quitte, ou que l'on meurt à la peine quand on les garde.

*
* *

La vieillesse a souvent raison quand elle compare avec tristesse les temps présents aux temps passés, mais son tort est d'en parler.

*
* *

L'occasion manque rarement à ceux qui, sans se presser, suivent la ligne droite.

*
* *

Dans certaines circonstances de la vie, l'oubli et le pardon d'une injure profitent plus qu'ils ne coûtent.

*
* *

Chez les hommes les caractères sont variables à l'infini, comme les physionomies; mais, malgré cette prodigieuse variété, au fond il y a toujours l'homme!

*
* *

Il y a un âge où il faut se défier du regain.

*
* *

Notre esprit nous sert à tromper les autres, et notre cœur à nous tromper nous-mêmes.

*
* *

Qu'il soit trop souvent nécessaire, dans le monde, d'être Philinte, je l'accorde, mais à la condition de rester toujours Alceste au fond du cœur, c'est-à-dire d'avoir « *ces haines vigoureuses que doit donner le vice aux âmes vertueuses.* »

Voici une règle qui n'admet que bien peu d'exceptions : si un homme, en possession de hautes fonctions publiques, vous dit qu'il n'aspire qu'au repos et à la retraite, vous pouvez le croire. Mais s'il vous dit, après les avoir perdues, qu'il n'en éprouve aucun regret, il ment.

Le parti le plus sage est de

s'accommoder à la vieillesse; on a tout à gagner à vivre en paix avec elle plutôt qu'en état de guerre.

*
* *

Étudier le cœur de l'homme est plus instructif que consolant.

*
* *

On oublie souvent un bienfait, jamais une offense.

*
* *

Lorsqu'on me parle de personnes douées d'une grande sensibilité, ce qui m'intéresse, c'est de savoir si cette sensibilité s'applique à elles ou bien aux autres.

*
* *

Une vieillesse anticipée me déplaît autant qu'une jeunesse trop prolongée.

*
* *

En fait d'ingratitude, nous sommes aussi indulgents pour nous-mêmes que sévères pour les autres.

*
* *

Il arrive souvent que pour s'excuser d'une faute on en commet une plus grande.

*
* *

Il y a un remède certain contre

la solitude et l'ennui, c'est de s'habituer à réfléchir et à penser. — Je dis *s'habituer,* parce qu'on prend l'habitude de penser comme on prend celle de ne penser à rien.

*
* *

Le jugement (j'entends par là un sens droit) est un don naturel; l'instruction ne peut le donner, mais elle peut l'élever et le fortifier. — Pour l'homme politique, et surtout pour le magistrat, si le jugement n'est pas la seule qualité nécessaire, c'est la plus nécessaire de toutes.

*
* *

Les excès de la presse ont

altéré notre caractère et nos mœurs : la défense contre ses attaques étant généralement impossible ou très-difficile, et la répression par les tribunaux insuffisante, on en est réduit à ne répondre que par le mépris et à supporter en silence des insultes qui devraient provoquer les plus légitimes réparations. Mais en même temps ce sentiment exquis et chevaleresque de l'honneur, qui était autrefois le plus précieux patrimoine de la nation, s'énerve et s'affaiblit.

*
* *

C'est un symptôme de décadence chez un peuple que la surabondance des lois; elle prouve l'impuissance des mœurs.

*
* *

Depuis près d'un siècle, c'est par l'exagération du principe qui les a portés au pouvoir qu'ont péri les divers gouvernements qui se sont succédé en France.

*
* *

Pour un homme qui, des rangs inférieurs de la société, arrive subitement à de hauts emplois, le bagage le plus embarrassant est celui de ses anciennes relations.

* * *

Savoir écouter est un rare mérite, qui stimule l'esprit de celui qui parle et souvent en tient lieu à celui qui écoute.

De notre temps, c'est faire l'éloge d'un homme que de dire qu'en causant avec lui, une honnête femme n'éprouve jamais d'embarras.

Que de personnes dont la façon de parler est telle qu'on a envie de les contredire, même lorsqu'elles ont raison!

*
* *

Autrefois il y avait des diseurs de bons mots; notre siècle a enfanté une race nouvelle, celle des diseurs *à effet* : gens qui cachent le plus souvent leur nullité sous une apparence de profondeur.

*
* *

Il y a beaucoup de charme à écrire sans arrière-pensée de publier; c'est une agréable manière de converser avec soi-même.

*
* *

Il est des gens dont la conversation nous donne de l'esprit; il en est d'autres dont la conversation nous fait perdre celui que nous avons.

Souvent la meilleure défense contre l'ironie est d'avoir l'air de ne pas la comprendre.

Il y a cet avantage avec le bavard, c'est qu'on est dispensé de parler et de l'écouter.

Entre amis, il faut savoir demander et accepter des services;

sous ce rapport, c'est manquer de délicatesse que d'en avoir trop.

*
* *

C'est encore manquer de délicatesse que de venir en aide à un ami en lui reprochant la faute qui l'oblige à réclamer notre appui.

*
* *

Chez les amis, il y a presque toujours un Oreste et un Pylade; et, comme disent les légistes, un fonds dominant et un fonds servant.

*
* *

On peut avoir une sincère amitié pour quelqu'un et ne pas aimer son commerce; de même, il y a des gens dont le commerce nous plaît et pour lesquels nous ne nous sentons aucun penchant d'amitié.

Il y a des gens que les relations banales du monde satisfont assez pour qu'ils n'aient pas besoin d'amitié.

Ceux qui éparpillent leurs amitiés sont généralement les moins capables d'une solide amitié.

*
* *

Aimer ses amis parce qu'ils ont des qualités, est chose facile; ce qu'il faut, c'est savoir les aimer malgré leurs défauts.

*
* *

Ce devrait être le premier devoir entre amis que de se dire la vérité. Par malheur, peu de gens aiment à la dire, moins encore aiment à l'entendre. C'est ainsi que l'on perd le plus grand profit à tirer de l'amitié.

*
* *

C'est un des écueils de l'amitié

que l'un reste dans sa sphère, tandis que l'autre s'élève à une sphère supérieure; et cela est aussi vrai dans l'ordre social que dans l'ordre intellectuel.

*
* *

Il y a des gens capables d'amitié, mais incapables de constance dans leur amitié.

*
* *

L'amitié de certaines personnes est comme ces arbres qui ne donnent que des fleurs et pas de fruits.

*
* *

La susceptibilité est le plus grand écueil de l'amitié.

*
* *

Le goût dépend de la délicatesse de l'esprit; le tact, de la délicatesse du cœur.

*
* *

Il y a des gens qui n'ont que du goût; ce n'est pas assez pour produire une œuvre qui les satisfasse, et c'est trop pour qu'ils se contentent d'une œuvre médiocre. Cette condition de l'intelligence n'est pas rare, et elle constitue un triste privilége.

Dans le monde, il est moins désavantageux d'avoir des vices que des ridicules.

C'est un mérite chez un homme très-occupé de n'avoir jamais l'air affairé.

⁂

Ceux qui, doués d'une intelligence vraiment distinguée, n'ont pas su en tirer parti par légèreté, paresse, ou toute autre cause, portent toujours la peine de cet avortement. Chez les bonnes natures, la souffrance se trahit par la tristesse; chez les moins bonnes, par l'aigreur ou par le dénigrement.

*
* *

La douleur doit avoir sa dignité; elle doit être simple et naturelle. Sinon, loin de provoquer la sympathie, elle la repousse.

*
* *

Ce qui doit mettre en garde contre l'exagération, dans la première phase de la douleur, c'est que toujours, et quoi qu'on fasse, le temps fait baisser le ton.

*
* *

Les souffrances morales et physiques nous attirent ou nous repoussent, selon la manière dont elles sont supportées.

*
* *

Quelles que soient les qualités du cœur ou les facultés de l'intelligence, elles n'ont leur valeur complète, les premières que par le tact, les autres que par le bon sens.

*
* *

Ce qui fait les belles organisations, ce n'est pas une faculté supérieure, mais l'équilibre dans les facultés.

*
* *

Y a-t-il un progrès matériel dans l'humanité qui ne soit marqué par un mal correspondant?

*
* *

De même qu'après l'irréligion, ce qu'il y a de pis c'est la superstition; de même, après manquer à son devoir, ce qu'il y a de pis c'est de l'exagérer.

*
* *

Dans le commerce habituel des

hommes, le manque de tact et de savoir-vivre fait plus d'ennemis que le manque de cœur.

*
* *

Il est à remarquer comme en France ce que l'on appelle l'adoucissement des mœurs a coïncidé avec l'affaissement des caractères.

*
* *

Il y a des gens prudents qui, ayant eu la chance de se faire une certaine réputation par un premier succès, se gardent bien, de peur de le compromettre, de tenter une seconde fois l'aventure.

*
* *

Rien ne froisse plus la délicatesse du cœur que l'exagération de la louange.

*
* *

Que de gens qui se consolent des désastres publics ou privés par la satisfaction de les avoir prévus!

*
* *

On ne peut connaître à fond les caractères qu'après les avoir vus dans des épreuves décisives. — Que de qualités, suffisantes dans les temps ordinaires, qui deviennent insuffisantes dans les temps exceptionnels!

*
* *

Dans une langue, les mots sonores et pompeux sont un signe d'appauvrissement plutôt que de richesse : c'est ainsi que des gens ruinés cachent leurs désastres sous l'apparence du luxe.

*
* *

En France, il y a toujours une mode pour certains mots, comme pour certaines vertus.

*
* *

Il y a des offenses, et quelquefois ce sont les plus graves, qui sont faites de telle sorte qu'on ne peut en demander raison sans se mettre soi-même dans son tort. — Ainsi, Sheridan, condamné à faire à genoux des excuses à la Chambre des communes, se relève et dit, en essuyant la poussière de ses genoux : « Que cette chambre est sale ! »

*
* *

On guérit de l'amour par le temps et par l'âge. On ne guérit pas du libertinage; il dure toute la vie.

*
* *

Il est bon de cultiver la mémoire, mais il ne faut pas la surcharger. Le point capital est de travailler sur son propre fonds et non sur celui d'autrui. De même il est bon de lire, mais il faut que la lecture provoque au travail, à la réflexion, et qu'elle ne soit pas toujours une simple récréation d'esprit.

*
* *

Avoir du cœur n'est pas la même chose qu'avoir du courage; on confond souvent ces deux expressions dans le langage du monde. On peut avoir du courage, c'est-à-dire affronter les dangers, même la mort, et avoir peu de cœur. On peut avoir beaucoup de cœur, comme de ressentir vivement une offense, et ne pas avoir le courage d'en exiger réparation.

*
* *

Dans la vie commune, ce ne sont pas seulement les défauts qui amènent la mésintelligence; il y a souvent des qualités de cœur et d'esprit incompatibles, et qui, se heurtant les unes contre les autres, engendrent la désunion.

*
* *

La tristesse est à la douleur ce que le sourire est à la joie.

*
* *

Une pensée peut être juste et vraie, et n'être pas heureusement exprimée; mais elle n'est complète qu'à cette dernière condition.

*
* *

Le goût a cet inconvénient, qu'il dégoûte de trop de choses.

*
* *

Les qualités les plus sérieuses peuvent suffire à nous faire estimer; elles ne suffisent pas toujours à nous faire aimer.

*
* *

On sait plus de choses aujourd'hui qu'autrefois, mais on ne les sait que superficiellement et à peu près. — L'*à peu près* est la plaie de notre temps en toutes choses.

*
* *

C'est tomber dans une égale faute que de ne pas craindre l'opinion publique ou de la craindre trop.

*
* *

Ce n'est jamais sans une secrète révolte de l'orgueil que l'on paye à celui qui, après avoir été notre subordonné, devient notre supérieur, le tribut d'hommage et de déférence qu'il a droit d'attendre. Par un sentiment analogue, rarement le cœur est assez généreux pour rendre entière justice à celui qui nous succède dans une fonction que nous avons remplie, ou qui obtient celle que nous désirions remplir.

*
* *

Qui n'a ressenti la fatigue de se trouver en face de gens qui, physiquement comme intellectuellement, sont toujours prêts à éternuer et n'éternuent jamais?

*
* *

En fait de justifications, le monde n'admet que celles qui sont simples et catégoriques. On est perdu, s'il faut entrer en explications.

*
* *

Autant il faut savoir souffrir et même rechercher la contradiction, autant il faut fuir les gens à esprit de contradiction.

*
* *

De nos jours, ce qui se rencontre le plus rarement en France, c'est le naturel chez les femmes et le bon sens chez les hommes.

*
* *

Il y a un moyen facile de rendre bien heureux celui qui nous consulte, c'est de lui conseiller ce qu'il désire.

*
* *

La bonté perd un de ses plus grands charmes par la banalité.

*
* *

Dans les relations du monde, la suffisance et le manque de tact sont les deux défauts qui nous choquent le plus.

*
* *

Les petits esprits sont toujours soupçonneux.

*
* *

Ce qui est la fin suprême de l'amour, ce n'est pas la haine, c'est l'indifférence.

*
* *

Quelque ingénieux que soit l'esprit, le cœur l'est toujours davantage.

*
* *

Dans le monde, il est rare

qu'une femme soupçonnée, même à tort, se relève entièrement.

*
* *

On peut feindre beaucoup de choses, la vertu, la douleur, la joie, l'amour, la dignité, la bonté, etc., mais il y a une chose qu'on ne peut jamais feindre, c'est l'esprit.

*
* *

Ce sont les femmes qui savent le moins s'occuper, qui ont le plus besoin que les hommes s'occupent d'elles.

*
* *

J'aime mieux les gens qui n'ont

pas d'esprit que ceux qui n'ont qu'un petit esprit.

*
* *

Le monde est à la fois, et suivant les circonstances, ce qu'il y a de plus bête et de plus fin, de plus facile et de plus difficile à tromper.

*
* *

Jamais on n'a moins d'esprit que lorsqu'on fait des efforts pour en avoir.

*
* *

Pour un parvenu, la plus douce flatterie est la déférence.

*
* *

Je suis de ceux qui savent mieux garder le secret d'autrui que leur propre secret.

*
* *

Dans les travaux de l'intelligence, une des plus grandes jouissances est celle de la difficulté vaincue.

*
* *

Il est rare qu'une femme jeune, et qui n'est pas jolie, n'ait pas une revanche à prendre : c'est d'embellir avec l'âge.

*
* *

Les ennemis les plus dangereux sont ceux que l'on ne se connaît pas.

*
* *

La société fourmille d'hommes qui n'ont que des demi-vertus ou des demi-défauts.

*
* *

J'aime mieux les gens qui plaisent à peu de monde que ceux qui plaisent à tout le monde.

*
* *

On peut faire une confidence

à un indifférent; on ne doit confier un secret qu'à un ami.

*
* *

Le cœur ne se fatigue pas moins de l'excès que du manque de prévenance.

*
* *

La vivacité d'esprit et la profondeur de jugement marchent rarement de pair.

*
* *

Il faut souvent plus de grandeur d'âme à votre ennemi pour vous demander un service, qu'à vous-même pour le lui rendre.

*
* *

La société se venge toujours de ceux qui se mettent au-dessus de ses règles et de ses usages.

*
* *

Il y a peu de femmes, parmi les plus honnêtes, qui ne soient flattées d'une passion discrète et respectueuse; la vanité y trouve son compte sans que l'honnêteté y perde rien.

*
* *

C'est une des bizarres contradictions de la nature de l'homme, qu'il ne pourrait vivre sans l'incertitude, et que l'incertitude soit un de ses tourments.

*
* *

La médiocrité est quelquefois une chance pour parvenir.

*
* *

Il n'y a pas de cœur plus facile à toucher que celui d'une femme laide.

*
* *

Un homme sait mieux feindre la passion quand il n'aime pas, que la froideur quand il aime.

*
* *

La réserve du langage n'est pas une preuve de la régularité des mœurs, mais il est rare que la légèreté habituelle dans les propos ne soit pas un indice de la légèreté de la conduite.

*
* *

Le calme suit toujours une résolution bien prise.

*
* *

Un homme doit savoir vivre seul et dans la société : la société lui apprend à supporter les autres; la solitude, à se supporter lui-même.

*
* *

Chez beaucoup de gens, l'indulgence n'est au fond que de l'indifférence.

*
* *

Il y a un art d'accuser les gens en paraissant les défendre.

*
* *

De toutes les maladies de l'esprit, la plus contagieuse est l'ennui.

*
* *

Il vaut encore mieux avoir quelques défauts que d'être correct en toutes choses.

*
* *

Les hommes sont plus flattés lorsqu'on loue leur esprit que lorsqu'on loue leur cœur.

*
* *

Il y a des rivalités de salon, comme il y a des rivalités d'amour : aussi n'est-ce jamais sans un secret déplaisir qu'un homme, habitué à briller dans un cercle, y voit pénétrer un nouveau venu.

*
* *

Trop de discrétion peut compromettre autant que l'indiscrétion.

*
* *

La louange la plus douce est celle qu'on reçoit en présence de l'objet aimé.

*
* *

La société est remplie de ménagements pour ceux qui se font craindre.

*
* *

Quoi qu'on fasse, la haine et l'amour sont deux sentiments extrêmes qu'on ne parvient jamais à dissimuler.

*
* *

Simple question : Est-on plus heureux d'entendre dire du mal de son ennemi, que du bien de son ami?

*
* *

Charmant défaut que le contentement de soi-même, qui fait le bonheur de celui qui l'éprouve sans faire de mal aux autres.

*
* *

En général, les femmes savent mieux cacher leur haine que leur amour; c'est le contraire pour les hommes.

*
* *

Il y a quelque chose de plus repoussant, dans le vice, que l'effronterie, c'est l'hypocrisie.

*
* *

Il n'y a pas de peuple plus prompt que le peuple français à se vanter comme à se dénigrer.

*
* *

Il suffit souvent du refus d'un léger service pour effacer le souvenir de grands bienfaits.

*
* *

Un livre et un mariage, deux sujets délicats, et sur lesquels il est imprudent de donner un conseil.

*
* *

L'urbanité, la bonne grâce coûtent si peu, et rapportent tant!

*
* *

L'esprit s'emploie toujours à excuser les fautes du cœur.

*
* *

L'idée philosophique, la généralisation dans les œuvres de l'intelligence, est le cachet des grandes époques; l'étude des détails, la spécialisation, est celui des petites époques.

*
* *

Le repos n'est pas plus l'oisiveté, que l'activité n'est l'agitation.

*
* *

Nous pardonnons plus volontiers les offenses faites à notre cœur que celles faites à notre esprit.

*
* *

Ce n'est pas accomplir le devoir que de le pratiquer d'une manière étroite.

*
* *

Les grands malheurs purifient l'âme, comme les grands orages purifient l'atmosphère.

*
* *

Sondez le cœur des amants, et vous y trouverez le plus souvent autant d'amour-propre que d'amour.

*
* *

Quand il y a conflit entre l'esprit et le cœur, c'est pour le cœur que je parie.

*
* *

Il en est de la plupart des amitiés improvisées comme de ces feux de joie qui brillent tout à coup d'un grand éclat et s'éteignent de même.

*
* *

On se lasse plus tôt de l'esprit sans bon sens que du bon sens sans esprit.

*
* *

Le monde met autant de légèreté à se former une opinion que d'obstination à n'en pas changer.

*
* *

La discrétion n'est une qualité qu'à la condition d'être pratiquée avec discrétion.

*
* *

On souffre moins à se plier au joug des convenances sociales qu'à s'en affranchir.

*
* *

Je n'aime pas à confier mes secrets à celui qui aime à confier ses secrets aux autres.

*
* *

Il ne faut pas s'y tromper :

dans le pardon des injures, la faiblesse ou la lâcheté se cachent parfois sous le masque de la générosité et de la grandeur d'âme.

*
* *

Il y a des gens chez lesquels l'amitié est comme un thermomètre, qui monte ou baisse suivant qu'ils ont plus ou moins besoin de nous.

*
* *

Parler peu et par phrases sentencieuses est un moyen facile de passer dans le monde pour un esprit profond.

*
* *

Il faut un cœur et un esprit délicats pour savoir railler sans offenser.

*
* *

Il y a de sincères et vieilles amitiés qui se maintiennent et se fortifient par l'éloignement, et qui s'affaibliraient et se briseraient par des relations habituelles.

*
* *

Qui ne se soumet pas à la loi divine est bien près de se révolter contre la loi humaine.

*
* *

Combien de gens qui s'autorisent de devoirs apparents et imaginaires, pour s'affranchir de devoirs réels et sérieux!

*
* *

Il me déplaît autant d'être approuvé que d'être contredit en toutes choses.

*
* *

Qui loue bassement en face est toujours prompt à dénigrer lâchement en arrière.

*
* *

Quand leur ambition ou leur orgueil a subi un échec, il reste à certains hommes une ressource, c'est de s'envelopper dans une apparente dignité.

*
* *

Il est rare qu'un emploi soit exactement au niveau de la valeur d'un homme, et que celui qui l'occupe ne soit pas au-dessus ou au-dessous.

*
* *

L'excès de confiance en soi-même, comme l'excès de défiance, aboutissent souvent au même résultat, l'avortement.

*
* *

Si la nouveauté est un des plus grands attraits de la vie, l'habitude est un de ses plus grands charmes.

*
* *

La gravité dans l'extérieur est souvent le mérite de ceux qui n'en ont pas d'autre.

*
* *

Il y a un art pour tirer parti de

ceux qui dépendent de nous : c'est de les relever à leurs propres yeux au lieu de les rabaisser.

*
* *

C'est souvent une grande habileté que de paraître n'en point avoir.

*
* *

Pour beaucoup de gens, les chefs-d'œuvre anciens ont ceci de commode, qu'ils leur servent à dénigrer les œuvres modernes.

*
* *

Dans l'état de nos mœurs et

dans notre société moderne, il y a une race d'hommes qui tend à disparaître, ce sont les hommes à bonnes fortunes.

*
* *

Je ne fais cas ni de l'esprit, s'il manque d'élévation, ni du cœur, s'il manque de générosité.

*
* *

Pour une femme, le plus cruel châtiment de sa faute n'est pas d'être délaissée par l'homme qu'elle a préféré, mais de découvrir que cet homme n'était pas digne de ses préférences.

*
* *

L'irrésolution tient à la faiblesse du caractère, et l'obstination au défaut de jugement.

*
* *

Quelque finesse que les amants puissent y mettre, le monde est encore bien plus fin qu'eux, et devine toujours leur secret.

*
* *

C'est presque toujours un danger qu'un début trop brillant.

*
* *

Ce n'est pas une raison, parce

qu'un peuple manque de moralité, pour qu'il dispense d'en avoir ceux qui le gouvernent.

*
* *

Une femme n'a pas besoin d'avoir de l'esprit pour deviner quand elle n'est plus aimée.

*
* *

Le cœur d'un homme s'élève ou s'abaisse suivant la femme qu'il aime.

*
* *

Il y a un profit à tirer de ses

fautes, c'est d'être indulgent pour ceux qui en commettent de pareilles.

*
* *

Avec un homme gonflé de vanité, ce qu'il y a de mieux à faire, c'est de le payer avec sa propre monnaie, et de le gonfler plus encore.

*
* *

Il arrive presque toujours que les hommes tombent du pouvoir par les qualités qui les y ont portés.

*
* *

Il est bon d'avoir des amis; il

est meilleur encore d'avoir un ami.

*
* *

Si occupé que l'on soit, il y a un moyen de suffire à ses travaux, et souvent même de se ménager quelques loisirs; ce moyen, c'est l'ordre et la méthode dans le travail.

*
* *

Qu'y a-t-il de plus impatientant qu'un homme qui ne s'impatiente jamais?

*
* *

L'intimité est difficile à conserver avec une personne qui s'est élevée à un rang supérieur au nôtre, parce qu'il faut se garder autant de la familiarité que de la réserve.

*
* *

Après avoir rendu des services à leur pays, il reste aux hommes politiques à s'en rendre un à eux-mêmes : c'est de se retirer à temps.

*
* *

En France, il y a des mots qui tuent; on ne s'en relève jamais.

*
* *

Il y a un temps et une mode pour certains livres, comme il y a un âge pour les lire.

*
* *

Il est moins difficile de maintenir la dignité de son caractère que de le relever quand il s'est abaissé.

*
* *

Il y a des intelligences qui ont besoin d'une sphère supérieure pour donner leur juste mesure, et qui sont comme étouffées et à l'étroit dans une sphère secondaire.

*
* *

Il y a de sincères affections qui sont, à leur insu, toutes pétries d'égoïsme.

*
* *

Le monde excuse plus volontiers l'inconstance en amour qu'en amitié.

*
* *

Les petits soins habituels, les attentions de tous les jours, forment et consolident les amitiés plus qu'un grand acte de dévouement une fois accompli.

*
* *

Un cœur élevé accepte la déférence et repousse l'obséquiosité.

*
* *

Il est encore plus difficile

de dissimuler la jalousie que l'amour.

*
* *

Que de gens qui se reprocheraient d'inventer un fait, mais qui ne se font aucun scrupule de le dénaturer en l'exagérant !

*
* *

Il y a des natures où tout est mesquin, l'intelligence, le cœur, les défauts et les vices eux-mêmes.

*
* *

Dans certaines occasions, le

silence est la plus haute expression du mépris.

*
* *

Qui oserait répondre d'être toujours et en toutes circonstances, chaste, probe, courageux, sincère, etc.? Toutes les vertus peuvent avoir leur moment de défaillance; il n'en est qu'une seule qui ne soit jamais en défaut, c'est la bonté : voilà pourquoi elle prime toutes les autres.

*
* *

Dans les grandes amitiés, la rupture s'arrête rarement à l'indifférence.

*
* *

L'envie et la jalousie peuvent se rencontrer chez les esprits distingués; le dénigrement ne se rencontre que chez les esprits médiocres.

*
* *

La paresse est à la fois un vice et une ennemie de nos vices.

*
* *

On peut se corriger de la violence et des emportements de sa nature; ce dont on ne se corrige jamais, c'est de la faiblesse de caractère.

*
* *

Chez une femme, la violence de la haine contre un homme tient presque toujours à ce qu'elle ne peut en avouer la cause.

*
* *

Il y a des situations où il ne faut tenter une entreprise qu'à la condition d'un succès complet, et où le plus simple échec équivaut à une défaite.

*
* *

Somme toute, une exquise délicatesse cause plus de souffrances que de jouissances.

*
* *

C'est souvent par vanité que l'on parle, et c'est quelquefois aussi par vanité que l'on se tait.

*
* *

La vanité nous porte à dissimuler nos misères, de peur d'exciter la pitié, et le désir de nous faire plaindre nous porte à exagérer nos souffrances, afin d'exciter plus de compassion.

*
* *

La violence est un feu qui alimente en même temps qu'il consume nos passions.

*
* *

On naît heureux comme on naît maladroit.

*
* *

En fait de charité, le grand mérite est moins encore de donner que de savoir donner.

*
* *

Les solides et sérieuses amitiés sont rares dans la société ; on n'en trouve d'ordinaire que la petite monnaie.

*
* *

Dans les jugements que nous

portons, nos préventions sont plus dangereuses que nos passions, en ce qu'elles durent plus longtemps.

*
* *

Le monde est plus indifférent que nous ne le supposons aux passe-droits et aux injustices dont nous sommes atteints; aussi le parti le plus sage est de les supporter en silence; on perd plus qu'on ne gagne à faire du bruit.

*
* *

Être propre à faire tout *bien*, c'est n'être propre à rien faire *très-bien*.

*
* *

Dans certaines circonstances, il y a une vengeance permise aux cœurs honnêtes, c'est le mépris.

*
* *

Le monde finit toujours par mettre chacun à sa place.

*
* *

Ce sont toujours les esprits les plus sujets aux préventions qui sont les plus sujets aux engouements.

*
* *

La vieillesse a un droit si naturel au respect, que, pour un vieillard, le châtiment le plus sévère est de sentir qu'il n'est pas respecté.

*
* *

Il ne faut pas attendre que ce soient les plaisirs qui nous quittent; il est sage de prendre les devants.

*
* *

L'estime et la considération doivent venir à nous; elles nous échappent si nous courons après elles.

*
* *

On juge souvent mieux les

hommes dans les petites occasions que dans les grandes; ils se tiennent tout prêts dans les unes, tandis qu'on les surprend à l'improviste dans les autres.

*
* *

Sous les dehors de la politesse, le monde sait toujours faire sentir à un homme qu'il n'a pas d'estime pour lui.

*
* *

Ce qui nous révolte le plus dans le mensonge, c'est que le menteur cherche à nous prendre pour dupes.

*
* *

Les malheurs réels ont du moins l'avantage de nous faire oublier nos malheurs imaginaires.

*
* *

C'est quelquefois une grande finesse que d'avoir l'air d'être pris pour dupe.

*
* *

Un livre n'est pas long s'il ne dit que ce qu'il doit dire ; il n'est pas court s'il dit moins.

*
* *

Entre amis, il n'y a rien de pire que les demi-réconciliations.

*
* *

Se faire craindre du monde est souvent le meilleur moyen d'en obtenir un bon accueil.

*
* *

En France, on peut vivre longtemps sur une réputation usurpée.

*
* *

La fortune se lasse bientôt

quand on ne lui vient pas en aide.

*
* *

L'ambition et l'avarice sont deux passions qui s'accroissent et s'irritent par les satisfactions qu'elles reçoivent.

*
* *

Il y a des gens qu'il faut aimer de loin.

*
* *

Ce qui touche le plus une femme compromise, c'est un témoignage de respect.

*
* *

Pour un vieillard, c'est une grande consolation, lorsqu'il repasse les années écoulées de sa vie, de n'y trouver, à côté des erreurs, des faiblesses et des fautes si nombreuses qu'elles soient, le souvenir d'aucune méchante action.

*
* *

Nous avons souvent moins d'indulgence pour nos amis que pour les indifférents.

*
* *

L'esprit ne suffit pas pour

plaire à une femme et s'en faire aimer, mais il met sur le chemin.

*
* *

Quelque esprit que vous ayez, celui qui arrive à propos en a encore plus que vous.

*
* *

Pour donner un bon conseil, il ne faut entrer ni trop ni trop peu dans les sentiments et les idées de celui qui nous consulte.

*
* *

On éprouve souvent une secrète satisfaction à connaître les faiblesses d'un grand homme; il semble que cette découverte nous relève à nos propres yeux.

*
* *

Il y a des gens capables de donner de bons conseils et incapables de se diriger eux-mêmes.

*
* *

Il est triste, mais il n'est pas rare, de reconnaître après coup qu'un service qui nous a pénétrés de reconnaissance n'était en somme qu'un service intéressé.

*
* *

Il faut savoir haïr comme il faut savoir aimer.

*
* *

Il y a un profit à tirer des fautes d'autrui, c'est de n'en point commettre de pareilles.

*
* *

L'une des jouissances les plus douces et les plus complètes est celle que donne un travail de l'intelligence bien réussi.

*
* *

Si les hauts emplois nous mettent à même de bien juger les hommes, ils nous font également bien juger par eux.

*
* *

On peut avoir de l'esprit, et manquer de présence d'esprit.

*
* *

Je me méfie autant d'un esprit étroit que d'un cœur étroit.

*
* *

Il y a un égal danger à vivre

trop exclusivement dans le monde ou dans la retraite; dans ce dernier cas, on vit trop avec soi-même; dans le premier, on n'y vit pas assez.

***

L'indulgence est une vertu qui nous profite autant qu'aux autres.

***

Il y a des gens que l'on aime de cœur et d'instinct, et d'autres que l'on n'aime que par raison et par réflexion. Le lot des premiers est préférable.

*
* *

Il faut bien l'avouer : nos inimitiés sont généralement plus tenaces que nos amitiés.

*
* *

Un excès de réserve tient plus souvent à un excès d'orgueil qu'à un excès de modestie.

*
* *

Dans la jeunesse on vit; dans la vieillesse on s'efforce de vivre.

*
* *

Une grande joie comme une

grande tristesse produisent cet effet sur les bonnes natures, de les rendre meilleures.

*
* *

Dans toute œuvre de l'intelligence il y a un double danger : produire trop péniblement ou trop facilement.

*
* *

Rien ne charme plus, chez un vieillard, que la jeunesse de l'esprit et du cœur, unie à la gravité des mœurs.

*
* *

En général, le parti le plus

sage à prendre est celui qui nous plaît le moins.

*
* *

La plupart des hommes n'ont que des qualités superficielles, et le monde s'en contente; ce qui manque, ce sont les racines profondes.

*
* *

Il y a des temps où, pour un homme politique, c'est se mettre en lumière que de se tenir dans l'ombre.

*
* *

La grandeur d'âme peut se

montrer aussi bien dans les petites que dans les grandes circonstances.

*
* *

Ce qui devrait répugner le plus dans le métier de solliciteur, c'est moins encore de demander que d'être obligé de flatter celui qu'on sollicite.

*
* *

Le plaisir et l'ennui, voilà deux sentiments sur lesquels il est impossible de se faire illusion à soi-même.

*
* *

Il est rare qu'un homme doué

de finesse et de pénétration ne soit pas défiant.

*
* *

On en est quelquefois réduit à regretter les services que certains amis nous ont rendus, parce que leur amitié en abuse pour devenir tyrannique.

*
* *

Il n'y a pas d'impertinence plus offensante que celle qui se couvre des dehors de la politesse.

*
* *

Il ne faut que de l'esprit pour

savoir louer les gens; il faut de l'esprit et du cœur pour savoir les plaindre.

*
* *

Les réconciliations réussissent mieux en amour qu'en amitié.

*
* *

Les vieillards sont en général moins affectés de la mort des jeunes gens que de celle de leurs contemporains, parce que celle-ci est une mise en demeure directe.

*
* *

Au déclin de la vie, on aime à

vieillir les autres ; c'est un moyen de se rajeunir.

*
* *

Chose étrange! malgré les infirmités qui l'accablent et celles qui le menacent, le vieillard tient plus à la vie que le jeune homme, et il en fait moins volontiers le sacrifice.

*
* *

Dans la jeunesse, on s'étourdit sur la vie; dans la vieillesse, on s'étourdit sur la mort.

*
* *

Les vieillards aiment à mettre

la mort de leurs contemporains sur le compte d'une imprudence, espérant bien être plus avisés et ne pas commettre la même faute.

*
* *

Un éloge, même à faux, déplaît rarement à un auteur; une critique, même juste, déplaît presque toujours.

*
* *

Ce n'est jamais de bien bonne grâce que les écrivains de profession proclament le mérite des écrivains d'occasion.

*
* *

L'homme a malheureusement

plus de puissance pour faire le mal que pour faire le bien.

*
* *

Nous n'éprouvons jamais autant de bonheur quand un de nos désirs est satisfait, que de peine quand il ne l'est pas.

*
* *

J'ai, de prime abord, bonne opinion d'un jeune homme que je vois plein d'égards et de respect pour la vieillesse.

*
* *

Les vieillards n'aiment pas

qu'on les croie plus vieux ou plus infirmes qu'ils ne le sont; aussi, dans les attentions qu'on a pour eux, c'est faire preuve de délicatesse que de se garder de toute exagération qui pourrait leur suggérer une pensée de cette nature.

*
* *

Le monde tient compte des qualités superficielles plus que des qualités réelles : c'est ainsi qu'il apprécie plus la grâce et l'amabilité que la vraie bonté, les attentions délicates que le dévouement, le brillant que la solidité de l'esprit.

*
* *

Pour un homme investi de fonctions élevées, il y a un moyen facile de tirer bon parti de ses inférieurs; c'est de leur témoigner une estime et une confiance qui les élèvent assez haut à leurs propres yeux, pour qu'ils n'osent s'abaisser jusqu'à le tromper.

*
* *

Le cœur peut quelquefois suppléer à l'intelligence; l'intelligence ne supplée jamais au cœur.

*
* *

Il est rare que l'on ne ressente

pas une secrète jalousie contre ceux qui réussissent à bien faire ce que l'on a la prétention de bien faire soi-même.

*
* *

On peut, dans un moment de passion, de colère ou d'amour-propre, triompher de la poltronnerie; on ne triomphe jamais de la lâcheté.

*
* *

Les femmes savent, mieux que les hommes, dissimuler leur amour et leur haine.

*
* *

Presque toutes les femmes se

croient assez fortes pour ne jamais dépasser les limites d'une tendre amitié ; c'est cette illusion qui les perd.

*
* *

Une femme qui commence à lutter est bien près de succomber.

*
* *

Il y a quelque chose de pis, pour une femme, que de commettre une faute, c'est d'en porter légèrement le poids.

*
* *

Les femmes ont généralement

peu de pitié les unes envers les autres pour les fautes du cœur.

*
* *

La crainte du ridicule, ou d'un froissement d'amour-propre, retient plus d'aveux d'amour chez les hommes, que le sentiment du devoir ou le respect de l'objet aimé.

*
* *

Une femme qui a cessé d'aimer a plus de ressources et d'habileté qu'un homme pour faire croire qu'elle aime encore.

*
* *

Il y a des délicatesses de cœur

que l'on ne peut comprendre chez les autres qu'autant qu'on est capable de les ressentir soi-même.

*
* *

Entre faire le mal ou le laisser faire, quand on peut l'empêcher, je ne vois pas une grande différence.

*
* *

Après le respect de l'Être suprême, ce qui nous élève le plus, c'est le respect de nous-mêmes.

*
* *

L'expérience nous sert plus

encore à regretter les fautes passées qu'à nous préserver de celles à venir.

*
* *

Il n'y a guère plus de sincérité dans l'enthousiasme avec lequel on adresse certains éloges à un auteur, que dans la modestie avec laquelle il les reçoit.

*
* *

Un sot, qui nous loue et nous admire, nous paraît toujours moins sot qu'il ne l'est en réalité.

*
* *

Il me déplaît autant de voir

un homme se rapetisser que se grandir outre mesure.

*
* *

C'est une grande condition de calme et de bonheur dans la vie, que de pouvoir être utile aux autres et de savoir se passer d'eux.

*
* *

Après celui de donneur de conseils, il n'y a pas de plus ingrat métier que celui de conciliateur.

*
* *

La patience est une vertu qui

porte toujours avec soi sa récompense.

*
* *

On sait mieux cacher ses vices que ses défauts.

*
* *

Une grande franchise s'allie rarement avec une grande finesse.

*
* *

Que de fois nous mettons sur le compte de notre dignité ce qui n'est qu'une affaire de notre orgueil !

*
* *

On peut remarquer que les femmes les plus portées à la médisance sont toujours celles qui n'ont aucun emploi utile de leur vie.

*
* *

Cela est triste à dire, mais cela est malheureusement vrai, l'égoïsme, l'un des vices les plus hideux du cœur humain, est celui dont on est le moins puni dans ce monde.

*
* *

Nous sommes naturellement portés à une grande indulgence

envers autrui, pour les fautes que nous commettons nous-mêmes.

*
* *

A la différence de l'amitié, qui se plaît à n'avancer que lentement et successivement, l'amour s'irrite par les concessions qu'on lui fait, tant qu'il en reste à faire.

*
* *

Il faut que les mères ne s'y trompent pas! de nos jours, elles ont la plus grande part de responsabilité dans la dégénérescence morale et physique de la jeunesse, en ce qu'elles ont trop souvent substitué à l'*amour* maternel, qui doit être une noble et courageuse vertu, la *passion* maternelle, qui n'est qu'une faiblesse et une infirmité du cœur.

*
* *

Ce n'est jamais sans risquer de compromettre son originalité, qu'un auteur se préoccupe à l'avance de la critique.

*
* *

L'habitude de se repaître de la lecture des journaux a étouffé, en France, le goût des fortes et saines lectures; aussi on ne lit plus que pour se distraire, et non pour s'instruire.

*
* *

Il y a des devoirs qui naissent des situations irrégulières : comme il serait facile de s'en affranchir sans encourir le blâme du monde, il faut reconnaître qu'il y a un certain courage et un certain mérite à porter le fardeau et à subir les épreuves que ces devoirs imposent.

*
* *

Les affections déréglées produisent promptement sur le moral le même effet que l'usage des mauvaises boissons sur le physique : les unes ôtent le goût des affections honnêtes, comme les autres celui des boissons saines.

*
* *

Dans les petits cœurs il n'y a point assez de place pour les grandes passions.

*
* *

On a toujours la conscience du mépris, comme de l'estime que l'on inspire.

*
* *

Qui n'a pas le culte des souvenirs, n'a pas une complète délicatesse de cœur.

*
* *

Un auteur est toujours plus sensible à l'éloge qu'on lui fait d'un de ses mauvais que d'un de ses bons ouvrages.

*
* *

On rencontre dans le monde des fanfarons de vice, de vertu, d'athéisme, de courage; des fanfarons même de souffrance. — Les uns me déplaisent autant que les autres, et, pour ne parler que de la souffrance, le vrai mérite n'est-il pas de la supporter simplement et avec résignation, plutôt que de la braver?

*
* *

On n'est pas poëte parce qu'on fait des vers.

*
* *

On n'est pas penseur parce qu'on écrit des pensées.

FIN.

TABLE.

TABLE.

A

B

C

D

E

F

G

H

I

J

L

M

N

O

P

Q

R

S

T

U

V

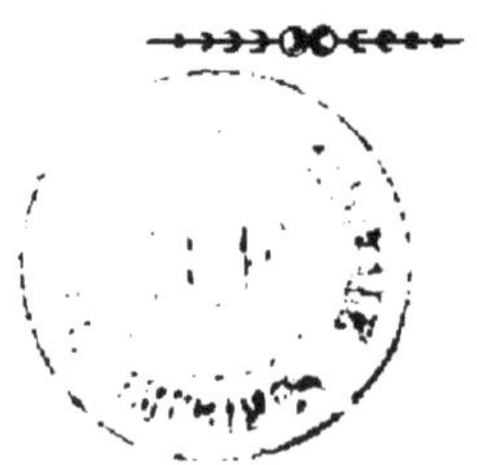

www.ingramcontent.com/pod-product-compliance
Ingram Content Group UK Ltd.
Pitfield, Milton Keynes, MK11 3LW, UK
UKHW021536260726
13993UKWH00002B/535

9 782329 309750